AF602865

30 Mai 1900

Atelier
Rosa Bonheur

TABLEAUX

Atelier

ROSA BONHEUR

PARIS — IMPRIMERIE GEORGES PETIT

12, RUE GODOT-DE-MAUROI, 12

Atelier

ROSA BONHEUR

RÉSUMÉ DU CATALOGUE

DES

TABLEAUX

PAR

Rosa Bonheur

DONT LA VENTE AURA LIEU

PAR SUITE DE SON DÉCÈS

GALERIE GEORGES PETIT

8, rue de Sèze, à Paris

Les Mercredi 30, Jeudi 31 Mai, Vendredi 1er et Samedi 2 Juin 1900

A DEUX HEURES

COMMISSAIRE-PRISEUR

Me PAUL CHEVALLIER

10, rue Grange-Batelière, 10

EXPERTS

M. GEORGES PETIT	**MM. TEDESCO Frères**
12, rue Godot-de-Mauroi, 12	33, avenue de l'Opéra, 33

EXPOSITIONS

PARTICULIÈRE : *Le Lundi 28 Mai 1900, de 1 h. à 5 h. 1/2*

PUBLIQUE : *Le Mardi 29 Mai 1900, de 10 h. à 5 h. 1/2*

CONDITIONS DE LA VENTE

Elle sera faite au comptant.

Les acquéreurs paieront *cinq pour cent* en sus des prix d'adjudication.

TABLEAUX

FAUVES

1 — Lion couché.
2 — Tigre royal dans la jungle.
3 — Tigre royal.
4 — Tigre royal marchant.
5 — Tigre royal furieux.
6 — Le roi du désert.
7 — Lion rugissant.
8 — Lion.
9 — Tête et encolure de lion.
10 — Tête de tigre.
11 — Lion.
12 — Lion.
13 — Lion regardant le soleil.
14 — Tigre royal marchant.
15 — Tête de lion.
16 — Tête et cou de lionne.
17 — Tigre royal.
18 — Lion.
19 — Les lionceaux.
20 — Tête de lion.
21 — Lion couché.
22 — Tête de lionne.
23 — Tête et encolure de lionne couchée.
24 — Panthères couchées.
25 — Tête de lion.

26 — Quatre lionceaux couchés et dormant.

27 — Tête de lionne.

28 — Lion guettant une proie.

29 — Étude de lion marchant au soleil.

30 — Tête de lion relevée.

31 — Tête de lion.

32 — Lion assis.

33 — Tête et avant-corps de lionne couchée.

34 — Lion vu de dos.

35 — Panthère couchée.

36 — Tête de lion.

37 — Lion couché.

38 — Tête de lionne couchée.

39 — Lionne marchant.

40 — Lion couché.

41 — Lion debout et arrêté.

42 — Lionne marchant.

43 — Tête de lion.

44 — Lions et lionnes.

45 — Étude de lionne.

46 — Études de lions et lionnes couchés.

47 — Étude de lionne.

48 — Études de lionnes couchées.

49 — Lionne couchée.

50 — Études de lion et lionne couchés.

51 — Études de lions, de lionnes et de lionceaux.

52 — Études de lions.

53 — Études de lion et de lionnes couchés.

54 — Lionnes couchées et tête de lion.

55 — Lions.

56 — Études de lion et de lionne couchés.

57 — Études de lionnes.

58 — Étude de lionne couchée.

59 — Études de lion couché.

60 — Lion et lionne couchés.

61 — Lionnes couchées.

62 — Lionceau.

63 — Études de lionnes couchées.

64 — Études de lionne et de lionceaux.

65 — Lionne couchée.

66 — Études de lions couchés.

67 — Têtes de lionne et de lion couchés.

68 — Lion et lionne.

69 — Tête de tigre royal.

70 — Tête de lionne.

71 — Tête de lionne.

72 — Tête de lionne.

73 — Tête de lion.

74 — Études de lions et lionnes couchés.

75 — Lionnes couchées.

76 — Étude de lionne couchée.

CHEVAUX

77 — Cheval blanc, au vert.

78 — Étude de cheval bai.

79 — Cheval au vert.

80 — Chevaux au pré, le matin.

81 — Cheval dans un pré.

82 — Étude de cheval brun.

83 — Étude de cheval bai brun.

84 — Étude de cheval bai brun.

85 — Chevaux gris dans un pré.

86 — Étude de cheval gris pommelé.

87 — Deux chevaux bretons dans un pré.

88 — Cheval blanc.
89 — Cheval bai.
90 — Étude de cheval bai cerise.
91 — Étude de cheval blanc.
92 — Étude de cheval bai brun.
93 — Étude de cheval bai.
94 — Cheval blanc.
95 — Étude de cheval alezan brûlé.
96 — Cheval gris teinté.
97 — Étude de cheval blanc.
98 — Étude de cheval isabelle.
99 — Étude de cheval bai.
100 — Étude de cheval gris pommelé.
101 — Cheval sellé.
102 — « Jupiter. »
103 — Études de cheval bai cerise.
104 — A l'écurie.
105 — Étude de cheval noir.
106 — Étude de cheval gris pommelé.
107 — Étude de cheval bai cerise.
108 — Étude de cheval gris pommelé.
109 — Cheval bai dans la plaine.
110 — Étude de cheval bai brun.
111 — Étude de cheval blanc.
112 — Étude de cheval blanc truité.
113 — Étude de cheval blanc truité.
114 — Étude de cheval blanc truité.
115 — Cheval blanc truité.
116 — Étude de cheval blanc truité.
117 — Avant-main de cheval blanc truité.
118 — Cheval alezan à l'écurie.
119 — Étude de cheval bai.

120 — Étude de cheval alezan brûlé, à l'écurie.

121 — Étude de cheval bai brun.

122 — Étude de chevaux blanc et bai brun.

123 — Chevaux à l'écurie.

124 — Avant-main de cheval bai cerise, liste en tête.

125 — Étude de cheval blanc.

126 — Cheval bai.

127 — Cheval noir.

128 — Étude de cheval blanc.

129 — Cheval gris pommelé.

130 — Étude de cheval blanc.

131 — Étude de cheval bai brun.

132 — Étude de cheval gris.

133 — Étude de cheval bai cerise.

134 — Étude de cheval bai brun.

135 — Étude de cheval bai brun.

136 — Étude de cheval bai brun.

137 — Trois études de cheval.

138 — Étude de cheval blanc.

139 — Étude de cheval bai cerise.

140 — Étude de cheval gris pommelé.

141 — Étude de cheval gris pommelé.

142 — Étude de cheval bai cerise.

143 — Étude de cheval blanc.

144 — Étude de cheval alezan.

145 — Études de chevaux.

146 — Étude de cheval bai brun.

147 — Étude de cheval bai brun.

148 — Étude de cheval bai brun.

149 — Étude de cheval blanc, au soleil.

150 — Étude de cheval bai cerise, liste en tête.

151 — Étude de chevaux.

152 — Étude de cheval bai brun.

153 — Étude de cheval bai brun.

154 — Étude de cheval blanc.

155 — Études de cheval noir.

156 — Cheval bai brun.

157 — Cheval blanc.

158 — Étude de cheval alezan brûlé.

159 — Étude de cheval blanc, à l'attache dans l'écurie.

160 — Étude de cheval gris pommelé foncé.

161 — Tête et encolure de cheval gris pommelé.

162 — Étude de cheval blanc.

163 — Étude de cheval blanc.

164 — Tête et encolure de cheval bai brun.

165 — Étude de cheval bai cerise.

166 — Étude de chevaux.

167 — Étude de cheval blanc.

168 — Étude de cheval blanc.

169 — Étude de cheval blanc.

170 — Étude de cheval gris pommelé.

171 — Étude de cheval bai brun.

172 — Deux chevaux, au vert.

173 — Trois têtes de cheval bai.

174 — Étude de cheval noir.

175 — Étude de cheval blanc, tête et encolure.

176 — Étude de cheval blanc.

177 — Études de cheval blanc.

178 — Étude de chevaux bai brun, au vert.

179 — Études de chevaux blanc et alezan brûlé.

180 — Étude de cheval blanc.

181 — Cheval de Californie.

182 — Étude de cheval bai brun.

183 — Tête et encolure de cheval brun.

184 — Étude de chevaux attelés.

185 — Étude de cheval gris pommelé.

186 — Étude de cheval alezan brûlé.

187 — Étude de cheval bai brun.

ANES & MULETS

188 — Dans le pré.

189 — Trois mules chargées de leur bât et de leur harnachement.

190 — Ane.

191 — Maître Aliboron.

192 — Ane blanc chargé de son bât.

193 — Tête et avant-main d'un mulet gris.

194 — Ane chargé de son bât, dans la montagne.

195 — Mulet blanc d'Afrique.

196 — Ane.

197 — Ane.

BŒUFS, TAUREAUX, VACHES

198 — Bœufs nivernais.

199 — Pâturage dans la montagne par un temps d'orage.

200 — Bœufs dans un pâturage.

201 — Bœuf écossais.

202 — Le taureau gris.

203 — A l'étable.

204 — Le taureau noir.

205 — Taureau noir.

206 — Le taureau gris.

207 — Dans un pré, un bœuf roux et un veau au pâturage.

208 — Taureau à tête noire.

209 — Vache laitière.

210 — Bœuf écossais.

211 — Veau.

212 — Veau dans un pré.

213 — Trois études d'un bœuf roux dans un pré.

214 — La charrue.

215 — Taureau debout

216 — Tête de veau.

217 — Têtes de bœuf.

218 — Têtes et encolures de bœuf brun.

219 — Attelage de bœufs charolais.

220 — Bœufs blanc et bai clair, attelés à un chariot vide.

221 — Études de veau couché et debout.

222 — Dans un pré, à la lisière d'un bois.

223 — Bœuf isabelle couché.

224 — Bœuf écossais.

225 — Étude de tête de jeune veau.

226 — Bœuf isabelle couché.

227 — Vache écossaise.

228 — Études de bœuf

229 — Taureau.

230 — Taureau.

231 — Bœuf blanc.

232 — Taureau brun

233 — Bœufs blancs attelés à une charrette vide.

234 — Bœuf dans un pré, la tête tendue vers le sol.

235 — Bœuf dans un pré.

236 — Bœuf.

237 — Attelage de taureaux bruns.

238 — Bœuf brun.

239 — Bœuf.

240 — Bœuf écossais.

241 — Vache couchée.

242 — Taureau blanc.

243 — Taureau blanc.

244 — Bœuf blanc.

245 — Bœuf.

246 — Vaches noires et blanches dans un pâturage.

247 — Bison.

248 — Bœuf noir.

249 — Étude de veau et de bison.

250 — Étude de vache isabelle.

251 — Vache debout.

252 — Buffle.

253 — Vache couchée.

254 — Bœuf roux.

255 — Taureau brun à l'attache.

256 — Étude de bœufs à l'étable.

257 — Bœuf roux couché dans la campagne.

258 — Attelage de bœufs bai brun.

259 — Étude de taureaux.

260 — Vache écossaise.

261 — Bœuf couché.

262 — Troupeau de bœufs dans une vallée.

263 — Bœuf brun.

264 — Taureau noir et blanc.

265 — Taureaux couchés.

266 — Taureau couché.

267 — Bœuf gris couché sur le ventre les jambes ployées.

268 — Deux bœufs sous le joug, attelés à une charrette.

269 — Bœuf.

270 — Étude de taureau couché, au pelage isabelle.

271 — Bœuf gris à l'étable.

272 — Vache rousse.

273 — Attelage de bœufs.

274 — Attelage de vaches.

275 — Attelage de bœufs.

276 — Attelage de vaches rousse et pie.

277 — Buffle paissant.

278 — Tête de bœuf.

279 — Études de taureau.

280 — Attelage de bœufs.

281 — Étude de taureau couché.

282 — Études de veau.

283 — Vaches et veaux paissant sur un plateau.

284 — Études de bœuf couché.

285 — Étude de bœuf roux.

286 — Études de bœuf couché.

287 — Étude de veaux à l'étable.

288 — Étude de veau.

289 — Taureau brun.

290 — Taureau et vaches dans un pâturage.

291 — Études de bœufs debout et couché.

292 — Étude de taureau couché.

293 — Étude de bœuf couché.

294 — Bœuf couché.

295 — Bœufs attelés à la charrue.

296 — Vache paissant.

297 — Étude de bœuf.

298 — Étude de bœuf couché.

299 — Bœuf roux.

300 — Tête de bœuf roux.

301 — Tête de bœuf.

302 — Avant-corps de vache couchée.

303 — Tête de bœuf noir, taché de blanc.

304 — Tête de bœuf noir, taché de blanc.

305 — Étude de tête et d'œil de bœuf.

306 — Tête de bœuf.

307 — Bœuf couché.

308 — Vache blanche couchée.

309 — Bœuf pie.

310 — Vache.

311 — Taureau.

312 — Vache laitière, au pelage pie.

313 — Vache laitière, au pelage pie.

314 — Vache blanche.

315 — Vache.

316 — Bœuf brun.

317 — Vache noire tachée de blanc.

318 — L'étable.

319 — Tête de taureau.

CERFS, BICHES, CHEVREUILS, &c.

320 — Cerf écoutant passer le vent.

321 — Deux cerfs dans la forêt.

322 — Cerf et biches dans la forêt, en automne.

323 — Dans la forêt, le matin.

324 — Aux aguets.

325 — Cerf dix cors aux aguets.

326 — Dans la clairière.
327 — Cerfs en forêt.
328 — Chevreuil couché.
329 — Cerf dans la forêt.
330 — Cerf dans la forêt, l'hiver.
331 — Chevreuil se désaltérant.
332 — Cerf.
333 — Cerf.
334 — Isard couché sur le flanc.
335 — Chevreuil.
336 — Études de cerfs dans la forêt.
337 — Cerf marchant dans une clairière.
338 — Chevreuils dans la forêt.
339 — Cerf couché.
340 — Études de cerfs.
341 — Isard.
342 — Cerf dans la forêt.
343 — Cerfs dans une clairière, au clair de lune.
344 — Le chevreuil blessé.
345 — Études de chevreuils couchés ou blessés.
346 — Études de chevreuils.
347 — Chevreuil.
348 — Cerf couché sur le ventre.
349 — Cerf dans la forêt, en automne.
350 — Cerfs dans la forêt.
351 — Cerf broutant.
352 — Cerf dans la forêt.
353 — Cerf dans la forêt.
354 — Chevreuil marchant,
355 — Cerf couché sur le flanc et mort.
356 — Isard couché.
357 — Étude de cerf couché, mort.

358 — Étude de cerf couché.

359 — Isard couché sur le flanc.

360 — Isards.

361 — Isard couché sur le flanc gauche.

362 — Chamois blessé.

363 — Étude de chevreuil.

364 — Étude de chamois blessé.

365 — Biches couchées.

366 — Études de cerf.

367 — Études de cerf.

368 — Études de cerf.

369 — Études de cerf.

370 — Études de cerf.

371 — Études de cerf.

372 — Études de chamois et de chevreuils.

373 — Études de chevreuils et de jeunes cerfs.

374 — Études de daims debout et couchés.

375 — Études de chamois couchés ou debout.

376 — Études de biche.

377 — Études de biche.

378 — Études de daim.

379 — Isards dans la montagne.

380 — Isards couchés.

381 — Études de biche et de chèvre.

382 — Éudes de chevreuils et d'isards.

383 — Études de chamois.

384 — Études d'isards.

385 — Études d'isard.

386 — Études et croquis d'isards.

387 — Études et croquis d'isards.

388 — Études de cerfs et de biches.

389 — Isard couché.

390 — Chevreuil couché.
391 — Étude de biche.
392 — Étude de jeune chevreuil.
393 — Biche couchée.
394 — Étude de cerf en forêt.
395 — Études de chevreuils en forêt.
396 — Cerf et biche.
397 — Études de cerfs.
398 — Étude de cerf.
399 — Isard renversé sur le sol.
400 — Études de cerf.
401 — Isard couché.
402 — Étude de biche.
403 — Cerfs dans la neige, à l'entrée d'un bois.
404 — Études de chamois.
405 — Étude de chevreuil couché.
406 — Étude de cerf courant.
407 — Études de biche.
408 — Chevreuil couché, mort.
409 — Études d'isards couchés.
410 — Têtes de daim.
411 — Tête de chevreuil.
412 — Tête de chevreuil.
413 — Têtes de biches.
414 — Têtes de chevreuils.
415 — Têtes de chevreuils.

SANGLIERS

416 — Études de sangliers.
417 — Sangliers dans la forêt.
418 — Sanglier.
419 — Étude de sanglier.

420 — Sanglier.

421 — Sanglier.

422 — Sanglier.

423 — Tête de sanglier, humant le sol.

424 — Tête de sanglier.

425 — Sanglier.

426 — Famille de sangliers.

427 — Études de sangliers.

428 — Sanglier.

429 — Sangliers au repos.

430 — Études de sangliers.

431 — Sangliers couchés et debout.

432 — Sangliers couchés.

433 — Études de sangliers.

434 — Pieds de sanglier.

435 — Pieds de sanglier.

436 — Pieds de sanglier.

437 — Étude de pieds de sanglier.

RENARDS

438 — Un renard.

439 — Renard.

440 — Renard couché sur le flanc.

441 — Études de renards.

442 — Tête de renard.

443 — Études de renard couché.

444 — Fouine blessée.

CHIENS

445 — Portrait de chien noir assis.

446 — « Ravajo. »

447 — Chien noir et blanc.

448 — Chien de chasse.

449 — Tête et cou de chien de chasse, jaune et blanc, assis.

450 — « Matamore » et « Flambart ».

451 — Études de chien.

452 — Chien de berger, assis.

453 — Deux chiens assis sur leur arrière-train.

454 — Études de chien griffon.

455 — Étude de chien couché.

456 — Chien griffon assis.

457 — Chien griffon assis.

458 — Étude de chien de berger, assis.

459 — Chien de berger, assis.

460 — Tête de chien.

461 — Études de chiens couchés, assis et debout.

462 — Têtes de chien.

463 — Chien griffon.

464 — Chien.

465 — Tête de chien de berger.

466 — Une nichée de chiens noirs.

467 — Chien de berger, couché sur les pattes.

468 — Tête de chien.

469 — Tête de chien..

MOUTONS & BREBIS

470 — Moutons paissant dans un pré.

471 — Les moutons noirs.

472 — Mouton marchant.

473 — Moutons à tête noire.

474 — Béliers et moutons à tête noire.

475 — Mouton noir.

476 — Études de mouton blanc à tête et pattes noires.

477 — Études de mouton couché ou debout.

478 — Étude de moutons.

479 — Bélier marchant dans la clairière.

480 — Moutons.

481 — Études de bélier debout.

482 — Moutons à tête noire.

483 — Étude de moutons.

484 — Études de moutons.

485 — Moutons dans un pré.

486 — Moutons debout et couchés.

487 — Moutons couchés.

488 — Moutons à tête noire broutant.

489 — Étude de moutons.

490 — Mouton à tête noire.

491 — Étude de mouton.

492 — Étude de moutons.

493 — Troupeau de moutons bélant.

494 — Moutons noir et blancs.

495 — Bélier.

496 — Bélier noir paissant.

497 — Agneau.

498 — Moutons à tête noire.

499 — Mouton à tête noire.

500 — Mouton.

501 — Moutons noirs paissant.

502 — Études de mouton.

503 — Bélier.

504 — Étude de bélier.

505 — Mouton paissant.

506 — Mouton paissant.

507 — Mouton à tête noire.

508 — Bélier à tête noire.

509 — Mouton à tête noire, couché.

510 — Études de moutons au pâturage.

511 — Têtes de boucs et de moutons â tête noire.

512 — Études de moutons.

513 — Études de moutons et d'agneaux couchés.

514 — Études de moutons, debout ou couchés.

515 — Études de moutons à tête noire.

516 — Études de moutons à tête noire.

517 — Études de moutons noirs et d'agneaux blancs.

518 — Études de moutons, debout et couchés.

519 — Études de moutons noirs et blancs.

520 — Études de moutons à tête noire.

521 — Études de moutons blancs et noirs.

522 — Moutons noirs paissant.

523 — Moutons à tête noire.

524 — Moutons à tête noire, broutant.

525 — Moutons paissant.

526 — Moutons à tête noire.

527 — Moutons paissant.

528 — Moutons à tête noire.

529 — Moutons.

530 — Études de mouton.

531 — Moutons à tête noire.

532 — Béliers couchés dans la paille.

533 — Mouton.

534 — Étude de mouton à tête noire.

535 — Tête de bélier.

536 — Étude de mouton à tête noire.

537 — Tête de mouton.

538 — Têtes d'agneau couché.

539 — Tête de mouton.

540 — Tête de mouton.

541 — Têtes de mouton.

542 — Tête de mouton.

543 — Tête de mouton.

544 — Têtes de mouton.

545 — Têtes de béliers.

546 — Deux têtes de mouton.

547 — Études de moutons et d'agneaux.

548 — Deux têtes de mouton.

549 — Troupeau de moutons.

550 — Études de moutons.

551 — Études de moutons.

552 — Études de moutons couchés.

553 — Têtes de bélier.

554 — Études de moutons bêlant.

555 — Tête de mouton à tête noire.

556 — Études de moutons à tête noire.

557 — Études de moutons et de bélier.

558 — Moutons noirs.

559 — Têtes de moutons et de béliers.

560 — Moutons couchés.

561 — Études de mouton.

562 — Études de moutons paissant.

563 — Études de moutons.

564 — Moutons à tête noire, couchés.

565 — Mouton broutant dans un champ de luzerne.

566 — Études de bélier.

567 — Études de moutons.

568 — Études de moutons.

569 — Étude de mouton.

570 — Moutons paissant.

571 — Études de moutons.

572 — Têtes de mouton.

573 — Tête de mouton.

574 — Tête de bélier.

575 — Tête de bélier.

576 — Tête de mouton.

577 — Tête de mouton.

578 — Tête levée d'agneau.

579 — Tête de bélier.

580 — Tête de mouton.

581 — Bélier à tête noire.

582 — Tête de bélier.

583 — Mouton noir.

584 — Études de mouton.

CHÈVRES & BOUCS

585 — Mouflons dans la montagne.

586 — L'hôte de la montagne.

587 — Bouc dans la montagne.

588 — Bouc.

589 — Études de bouc.

590 — Chèvre couchée sous bois.

591 — Chèvres couchées dans un pré.

592 — Étude de chèvre couchée.

593 — Chèvre couchée sur le flanc gauche.

594 — Mouflon marchant.

595 — Chèvre broutant.

596 — Chèvre et chevreaux paissant sur la colline.

597 — Études de chevrettes.

598 — Tête de chèvre noire, à barbiche blanche.

599 — Chèvres couchées.

600 — Chèvres couchées.

601 — Études de chèvres.

602 — Études de chevreaux noirs, couchés.

603 — Chèvres paissant.

604 — Études de chèvres couchées.

605 — Chèvre couchée.

606 — Chèvre broutant ; chèvre couchée.

607 — Chèvre couchée au pied d'un arbre.

COMPOSITIONS

608 — Le Battage du blé.

609 — Chevaux en liberté.

610 — Deux chiens de chasse dans la forêt.

611 — Taureaux écossais.

612 — Bergers landais.

613 — Les Bûcherons dans la montagne.

614 — En forêt.

615 — Le Marché aux chevaux.

616 — Le Marché aux chevaux de Paris.

617 — Le Marché aux chevaux de Paris.

618 — Esquisse pour « le Battage du blé ».

619 — Esquisse pour « le Battage du blé ».

620 — Esquisse pour « le Battage du blé ».

621 — Esquisse pour « le Battage du blé ».

622 — Les Pyrénées.

623 — Bûcherons dans les Pyrénées.

624 — La Fenaison.

625 — Le Parc aux moutons.

626 — La Fenaison.

627 — Bœuf blanc attelé à une voiture de foin.

628 — Isards au bord d'un torrent.

629 — Isards couchés.

630 — Chèvres et boucs paissant près d'un torrent.

631 — Isards dans la montagne.

632 — Cerfs couchés dans la forêt.

633 — La Fenaison.

634 — Berger et son troupeau de moutons dans la campagne.

635 — La Montée difficile.

636 — Labourage nivernais

637 — Les Faucheurs.

638 — Au temps des foins.

639 — Dans l'Ornière.

640 — Berger conduisant son troupeau de moutons.

641 — Cavalier dans la montagne.

642 — Bœufs paissant dans la montagne.

643 — Charrette de foin dételée dans un pré

644 — Le Chariot de foin.

645 — Chariot chargé de tonneaux.

646 — Moutons à l'étable.

647 — Moutons dans leur parc.

648 — Berger assis caressant un mouton.

649 — Un Chevalier.

650 — Le Chevalier.

651 — Le Dressage du poney.

652 — Cavalier.

653 — Les deux Moissonneurs.

654 — Les Moissonneurs.

655 — Pégase.

656 — Trois pommes de terre sur une table de cuisine.

656 — Deux pommes et un œuf sur une table de cuisine.

658 — Études de lézard.

659 — Études de cheval et de bœuf.

ÉTUDES DE FIGURES

660 — Berger breton assis sur une roche.

661 — Berger basque.

662 — Berger d'Andorre.

663 — Faucheur au soleil appuyé sur sa faux.

664 — Buste de berger landais.

665 — Étude d'homme.

666 — Berger pyrénéen assis.

667 — Berger landais.

668 — Berger landais.

669 — Berger landais.

670 — Berger des Pyrénées assis.

671 — Berger basque assis.

672 — Figure d'homme.

PEAUX-ROUGES

673 — Cavaliers peaux-rouges guettant un ennemi.

674 — Campement de Peaux-Rouges.

675 — Cavaliers peaux-rouges.

676 — Campement de Peaux-Rouges.

677 — Peau-Rouge à cheval.

678 — Peau-Rouge à cheval.

679 — Peau-Rouge assis.

PAYSAGES

I

LA PLAINE ET LES CHAMPS

680 — Les petites mares dans la plaine.

681 — Petite mare dans la plaine et troupeau de moutons.

682 — Squelette perdu dans les brousses.

683 — Le pré fleuri.

684 — Le chemin tournant à l'entrée du bois.

685 — Grange et ferme sur la colline.

686 — La hutte aux charbonniers.

687 — La place du marché aux bestiaux.

688 — Mare à la lisière d'un bois.

689 — Mare au bas de la carrière.

690 — Les champs au pied de la colline.

691 — La ferme dans la forêt.

692 — La mare aux reflets d'argent.

693 — Pâquerettes dans la prairie.

694 — Les fougères et les bruyères sous le ciel bleu.

695 — Le champ.

696 — La plaine.

697 — La petite mare dans la plaine.

698 — Prairie au bord de la rivière.

699 — Chemin à l'entrée de la forêt.

700 — Sentier sous bois.

701 — Les pommiers en fleurs.

702 — Les meules.

703 — La mare aux roseaux dans la clairière.

704 — Le saule au bord de l'étang.

705 — Prairie au bord de la forêt.

706 — Le pré.

707 — Bouquets d'arbres dans la plaine

708 — La plaine.

709 — Messidor.

710 — Les champs.

711 — La mare en plaine.

712 — Les blés d'or.

713 — La plaine à la lisière du bois, au printemps.

714 — Les champs à la lisière du bois.

715 — Massifs d'arbres dans la campagne.

716 — Champ à la lisière du bois, l'été.

717 — Route à travers bois.

718 — Les blés.

719 — Les blés coupés.

720 — Les champs.

721 — Les blés coupés.

722 — La plaine.

723 — Deux attelages de bœufs blancs dans les terres labourées.

724 — Soleil couchant, sur la plaine.

725 — Rivière traversant une prairie.

726 — La grand meule.

727 — Ciel aux nuages de lumière, sur la plaine.

728 — Le sentier dans la campagne.

729 — Les terres labourées.

730 — Pâturage au pied de la colline.

731 — Plateau au sommet de la falaise.

732 — Arbres et futaies sur une pente douce.

733 — Arbre dans un pré.

734 — Saules au bord d'un étang.

PAYSAGES

II

LA FORÊT DE FONTAINEBLEAU

735 — Le printemps au bois.
736 — Carrefour en forêt.
737 — Clairière en forêt.
738 — Le vieux chêne.
739 — Les hêtres dans la forêt.
740 — Les mousses.
741 — Roches parmi les feuilles mortes.
742 — La hutte du charbonnier.
743 — Rochers dans la forêt.
744 — Étang dans la forêt.
745 — Les fougères.
746 — Matinée d'hiver à l'entrée de la forêt.
747 — Fin d'été en forêt.
748 — Dans la futaie.
749 — Éclaircie en forêt.
750 — Troncs d'oliviers.
751 — Sous bois au printemps.
752 — Un coin de forêt.
753 — Un coin de forêt.
754.— La neige dans le bois l'hiver.
755 — L'automne sur les bruyères.
756 — Le chêne.
757 — Les fougères, l'été.
758 — L'automne dans la futaie.
759 — Un carrefour en forêt.
760 — Les charbonniers dans la forêt.
761 — Les roches parmi les genêts et les bruyères.

762 — La neige dans la plaine.

763 — La neige à l'orée du bois.

764 — Allée sous bois, en été.

765 — Rayon de soleil sur des troncs d'arbres, dans la forêt.

766 — Un coin de forêt, en été.

767 — Les écorces blanches, dans la forêt.

768 — La forêt en automne.

769 — En forêt.

770 — Matinée d'automne dans la forêt.

771 — L'ancêtre dans la pépinière.

772 — La forêt au printemps.

773 — Soleil du matin, dans la forêt, au printemps.

774 — Le jour tombe.

775 — Un coin de forêt.

776 — Clairière dans la forêt.

777 — Arbres sur le versant d'une colline.

778 — Ciel nuageux sur la futaie.

779 — Dans la futaie.

780 — L'automne dans la forêt.

781 — Une coupe de bois, en forêt.

782 — Une coupe en forêt.

783 — Études de troncs d'arbre.

784 — La clairière.

785 — Les frênes dans la forêt.

786 — Le soleil dans la forêt.

787 — L'été dans la forêt.

788 — Le sentier dans la clairière.

789 — Étude d'arbre.

790 — Le matin à travers les branches.

791 — Dans la coupée, en forêt.

792 — Les bruyères en automne.
793 — Soleil sous les troncs d'arbre.
794 — Le stère, sous bois.
795 — A l'heure où le jour décline.

PAYSAGES

III

LA MONTAGNE

796 — La vallée.
797 — Les neiges sur la montagne.
798 — Lac d'Écosse.
799 — Cascades, dans la montagne.
800 — Les montagnes.
801 — Pâturage dans la montagne.
802 — Roches et cascades, dans la forêt.
803 — Le coin du lac.
804 — Les glaciers.
805 — Cirque dans la montagne.
806 — Plateau près des cimes.
807 — Les bruyères.
808 — La brume sur les sommets.
809 — Vallonnement dans la montagne.
810 — Les nuées sur les hautes cimes,
811 — La pente rocheuse.
812 — Le sommet de la chaine.
813 — La lande au bord du lac (Écosse).
814 — Nuages dans les montagnes d'Écosse.
815 — La vallée.
816 — Les sapins dans la montagne.
817 — Brouillards dans la montagne.
818 — Torrent dans la montagne.

819 — Le piton dans la vallée.

820 — Le pré sur la montagne.

821 — Le creux de la vallée, sur des cimes.

822 — Sapins sur le flanc de la montagne.

823 — Le lac vu de la montagne (Écosse)

824 — Pâturages sur les plateaux.

825 — Les sapins sur la montagne.

826 — Panorama dans la montagne.

827 — Neiges sur les montagnes.

828 — La pente verdoyante.

829 — L'orage sur les cimes.

830 — Le matin au-dessus des cimes.

831 — Le matin sur la vallée.

832 — Les brumes du matin sur la montagne.

833 — La vallée profonde.

834 — Chaumière dans la vallée.

835 — Le versant sous un ciel d'orage.

836 — Roches au flanc de la colline.

837 — Le passage au-dessus de l'abîme.

838 — Les brumes du soir, sur le lac (Écosse).

839 — Orage au loin sur la montagne.

840 — Nuages balayés par le vent, au-dessus des cimes.

841 — Cirque dans la montagne

842 — Les vallées.

843 — La montagne.

844 — L'arbre mort.

845 — Coup de vent sur la montagne.

846 — Le sentier dans la vallée.

847 — Sentier sur le versant de la montagne

848 — Sentier dans la montagne.

849 — La route dans la montagne.

850 — Les prés sur la pente de la montagne.

851 — Le vallon.

852 — Après l'orage sur la montagne.

853 — Le chemin encaissé en bas des côtes.

854 — Le vallon.

855 — Les roches.

856 — Les roches sur le versant.

857 — Le mamelon planté de sapins.

858 — Étude de paysage.

859 — Roche sur le plateau.

860 — Au temps de la moisson.

861 — Plaine vallonnée.

862 — Une vallée.

863 — Brouillard matinal sur les glaciers (Pyrénées).

864 — Nuages blancs sur la montagne.

865 — Lever du jour dans la montagne.

866 — La plaine.

867 — Le jour se lève sur la montagne, au bord du lac (Écosse).

868 — Montagnes au bord du lac (Écosse).

869 — La chaine des montagnes vue de la plaine.

870 — Le roc sur la montagne.

871 — Gorges dans les Pyrénées.

872 — Les collines.

873 — Chemin dans la montagne.

874 — Le versant.

875 — Les nuages sur la montagne.

876 — Les glaciers.

877 — Hutte dans la montagne.

878 — Orage au-dessus de la colline.

MARINES

879 — Roches au bord de la mer.

880 — La baie.

881 — Vagues déferlant sur la plage.

882 — La mer.

LE VILLAGE

883 — Le hameau au pied de la montagne.

884 — La ferme, à l'entrée du bois.

885 — Les ruines.

886 — Grange et ferme à l'entrée d'un bois.

887 — La grange.

888 — La ferme dans la vallée.

889 — La grange dans la forêt.

890 — Berger landais, près d'un chaume à demi détruit.

891 — La barrière.

892 — La ferme sous le soleil levant.

www.ingramcontent.com/pod-product-compliance
Ingram Content Group UK Ltd.
Pitfield, Milton Keynes, MK11 3LW, UK
UKHW021958260726
13994UKWH00004B/1828

9 782329 465395